4

青松輝

Aomatsu
Akira

もくじ

複数性について

どうしても言わなければならないことが初夏の晩夏のプール・サイドに

いたる所で同じ映画をやっているその東京でもういちど会う

存在を知っているけど関わりはないものが好き　雪かきだとか

それぞれに目的があり乗り継いだ僕たちの無数のJR

注意力をできるだけ散漫にして　よけられない夏がこっちへ来る

days and nights

なにもかもわかる（青春みたいだね）。違法アップロードのデスノート

夜のフィアー　ここからここまでは現在でここからは未来って教えてほしい

チェーンソーで車を切るときの火花の花散るさみしいココロのラッシュ

数字しかわからなくなった恋人に好きだよと囁いたなら　4

百年間、降りそそぐように蝉は生まれ、雷はたまに人に当たった

にこにこしてブルーシートの上に座る　ハタチで自殺しなかったおかげで

May the Force be with you.　ねじれて落ちる2枚の布うたがいあっている

チョコレートを舌で転がして　そこから　夜が溶け出していく　ごめんね

狂ってる?それ、褒め言葉ね。わたしたちは跳ねて、八月、華のハイティーン

シャボンだらけのプリクラの機械のなかでポーズをとった。血の味がする。

死の用意・愛の用意をととのえてスローモーションのミルククラウン

姫、それは感心しませんって、執事のアドヴァイス、ちょっぴり眼が赤い

かっこいい音楽をかけて　友情が終わる日にふさわしい音楽を

ダブルインカム　ノーキッズ　僕らふたりで深夜のタクシーに手をあげた

みんなエモくなってく夜はそういうものだからね　夜は　夜はつまんない

Are Igai Imi Ga Nai って思いました．Hakuchumu Mitai だと感じました．

◇

そういうとこ好きだよ的な　夜の光はガラスの破片に刺さった的な

ベッドルーム　色覚がないから鮫はきみの血の赤さがわからない

陸橋がじぶんの重みに耐えていて東京都に瀟洒な雪のティアー

かかっているエフェクト　誰も追いつけない速さでゲーセンクイーンの恋

数字しかわからなくなった恋人が桜の花を見る　たぶん4

キルミー　好きになっちゃいそうだよ　ミルキー　朝は夜のささやき

夏の果ての壊れたセダンに乗せられて拒んでもすぐ着く冬の果て

Friday I'm In Love.　ずっと前のさらにその前の３０５号室

愛のWAVE　光のFAKE　どうしよう、とりあえず、生きていてもらってもいいですか？

水面のほつれたところを縫い合わせてずうっと待っていたピュアな唱

〈世界が終わるまでに聴いておくべきエレクトロニカおすすめ65曲〉を　上から順番に

光について

削られた奥歯で会話しようとして泥棒たちの光の符牒

いつか僕の脳が壊れてゆくことをスキー場に喩えてみてもいい？

なんかもう頭が冴えて眠れない　ちょっと情弱なセブンティーン

冷房の効いてるところ独特の匂い　ブラック・マジシャン・ガール

火花放電　僕に子供が生まれてもネーミング・ライツは買わなくていい

untitled

なんか未来レスキュー忘れてしまいそう花吹雪のよう錠剤舞って
濡れたヴォルヴィックのボトルに少しだけ残っているA（涙のような）

夜に枯れる朝顔すごく世界っぽいこの世界で絶唱してみせて

Love is eternal while it lasts.　ダースベーダーのライトセーバー

シャンプー　僕は自殺をしてきみが2周目を生きるのはどうだろう

性行為を演技しているきみの世界・世界にあるすべてのペプシ缶

花と花　くしゃくしゃの1万円が入っているラムネ菓子のプラスティックボトルに

萌えるのは世界というアダルトサイトにまだ広告がついてないから

あなたさえいれば・ラズベリー・嘘みたいに・ブラックベリー・寂しくないよ

きみのせいじゃない離れる救急車のサイレンの音が変わってくのは

蜜入りの林檎のようなイメージで切なくなっていく　止まれ　見よ

薔薇とくらべて星間飛行士とくらべて弱い言葉でいいから　使う

古い傷を隠すならあたらしい血で、ビューティフル、マイビューティフル、血で

マイナーな炭酸飲料いまここでなにを好きなのかが、わかるでしょう？

きみが生まれた街の話をしてほしい　お願い　光の私淑のために
かもしれない運転を心がけたこと、誓って一回もありません

hikarino/蜂と蝶

眠るまえに電話をかけてほしくなる椿のすごい速さ　IT'S YOU

王子様みたいにポッケに手を入れて行くのは光の花の洋館

できることはないって管制塔にはやく伝えてよ、壊れたリリックで

さんてんいちよん、いちごーきゅーにー、ろくごーさんごー、おねがい、耳に、舌でさわって

はちみつレモンサワーの味はわからない好きだってことしかわからない

何度だってダンスフロアにばらまかれる光の、光の光の光の

もっと好きになってください　星は降ってください　言葉がわからなくなってください

後夜祭みたいに僕らは曖昧にはしゃぐ、やわらかなソファーの上で

カラオケのフリータイムで眠くなって、眠くなったら、眠ってもいい？

光の方をきみは見ている　蜂と蝶　光の方をきみは見ている

しかたなく消毒をして運命はしかたがなくて　それが僕たちのすべて

指でつくったハートサインを見せ合って泣いたり泣きじゃくったり　進む

こわれてしまうものたちにピース　恋人の友だちが声をあげて笑う

CULT/蛾

なにもかもがきみを必要としている七月のおもしろい世界へようこそ

愛はカルト　一生ものの思い出にプラモデルみたいに触ってほしい

無謬なもののモーニング・ルーティン誰ひとり悲しい顔をしなくなるまで

選ぶのを泣きながら待ってくれていたマイ・フェイバリット・アイスクリーム・フレイバー

デッドエンド・嘘つきの蛾は傷む・マイ・プリンセス・蛾は夜更けに傷む

嘘つきの女の子にはキャンディーを、神経性の毒のキャンディー

チョウ目のほとんどを占めているのは蛾らしい　どっちでもいいのに

光あふれるリバーサイドホテルの朝のガラスのシャワー室　お訣れだ

クラッシュ加工のスウェットを着て、言ってはだめ、世界が終わる日だったとしても

溢れかえる姫蜂、きみの不確かな韻が発情しているせいで

リュックには花といろはすをいっぱいに、期待していいんだよ運命を

さよならの練習はあくまで速く、執事に邪魔されてもいいように

サブリミナル効果みたいに何回も言ってあげる望みどおりの言葉を

キリストのカルトを信じてしまうかもしれないよ　かみさまの喘ぎ声

Xtal

クリスタルの睡眠薬でねむれたら（もっとじょうずに甘えられたら）

Hello.　睡眠薬依存者のためのライトノベルみたいな安い朝

ほんとうはもっとだいじに連絡を返したかったのに　ナイトメアビフォア

生活について

光り続ける僕たちの密室論／世界すべてを映し出すシネマ

誰にでもある思い出を聞きながら新潟県の夜を歩いた

カミングオブエイジ

ぼんやりした不安のなかでバレエを観て心臓は左右対称でない

うまくやるよ　誰も見てないけど来てた２０２０年の流星群

ぬけがけの小学生がはしゃいでいるその声それからの印象派

思春期のあくびの光　もっと見たい景色とかほんとはあるのにね

一光年遠くで一年前のきみは5秒後に広告をスキップ

すこし前はスクールボーイだったからあくまでもひとりで帰るわけよ
カミング・オブ・エイジ　これから幾度とない風邪とそのたび訪れる治癒
忘れない　ことはできない　最寄り駅のキオスクはコンビニに変わって

ラウンジのピアノの方へ　目を閉じて　自動演奏のピアノへ　冬へ

〈このコンピュータを信頼せよ〉と創造主はiPhoneとMacを同期して

自販機の近くに誰かしゃがんでてきっと黄金比の子供たち

たぶんすぐに思い出せなくなる今を　すべての煙突をクリック
十年後の僕はロレックスをはずしてつまらないことで笑う　笑え
あたらしい恋人がきみに結んでくれるリボン　最後の三秒間で

眼をハートにしている僕が凭りかかる二〇〇〇年後の自動演奏

思春期のため息として〈バーニラ♪〉にあわせて口だけを動かした

パックのトマトジュースとパックのトマト　いま、なにしてるんだろうとか、思うよ

ＤＭにダブルタップでハートだけ　喉が渇けば水を飲むだけ

東京の二十一世紀はヒマだから光のなかのウィンターセール

GAME

画面にはアニメと実写の混ざり合う桜の映像　いま、今ここ

プールでもないのに塩素の匂いで涼しい　裏切りたい

Life is a game. って本当かなあ　世界中たくさんの囚人

自販機の前に自転車が停まってる　ああ、遍在するのか自転車は

2＋2は4で4＋4は8　春は螺旋状に落下して僕に浸潤する

サードパーソン的な視点でものを見る　僕の体がのっている椅子

ああ、僕が水泳を愛するあまり忘れた連絡事項のすべて……

分身をジャンプさせてステージクリア　普遍性がどうしても宿る

最初した時のことを思い出しつつ二回目もそんなに悪くない

倫理って頭のなかにしかないね、ほんとに雪が火だと思った？

クロールを泳いだあとの右手からしゅわしゅわあふれだす夜と地名

花吹雪の向こうにきみはいるだろう、　いるとして裏切るなにもかも

遠くから見ると少しカーブしている　さようなら　adiós　再見

七月

その夏の湿り気を思い出す夜きっとあなたは韻律に会う

話し言葉は消えてっちゃうから良いねって消えていってた　ななかつだった

車から落とした鍵が跳ねてって誰かに当たる、　はじまれ恋人

別になにも象徴してはいないけど光を反射して靴しろい

さよなら三角またきて四角　ほんとうはそのままここにいてほしい　星

君たちにたしかな終わりが来るまでの空気が透明なら抒情せよ

still life

スティル・ライフ　あと何回の乗り換えで地下鉄はこわくなくなるだろう
耳もとで消え去ってく音は桜の断末魔　僕の初恋の球体

悪いのは東京じゃなく自分だと思った　夜の死角のａｉｄ

◇

鳥がさいしょに覚えたことば、僕が部屋でくりかえし口にしていたことば

連絡をしてから首吊りをするのは発見してもらえるから　ウルフ

すごく好きだったんだけど今はもう興味ない好きな人の脚韻

まだ夜がここにあること何回も確認しようよね　NS

静物画のへんな光のなかにある、元恋人の、カッターナイフ

◇

サンキスト・オレンジ　電車を僕はたんに移動手段だと思っている

もう忘れてしまった元恋人が、まだ雛鳥を飼っていたとしても、だ

雨のあとの都心を高いところからみる想像をした　みじかい　いのち

守／そして　破／王位の継承は冬に　離／きみになんだって話せた

王城のシャンデリア・システムのことずっと知らないふりしてたんよ

花か泥かわからないままの季節は巡って　ずっと僕のターン

悲しみはあります　僕がそう言うとぎこちなくロボットは復唱

冬の街にあって、はるなつあきにはない、白く染まるという可能性

エアリフト・ブリーズ　24時間で消える傷ばかりをつけ合った

◇

僕のさいしょの恋愛詩の対象が、いま、夜の東京にいると思う

幻滅

栞紐はながい読書のためだけのあなたは僕だけの世界君主

目覚めてすぐあなたの睫毛をあふれだす光　それは1月54日の

〈レグルス〉は〈小さな王〉という意味であなたのまじめすぎる軽薄さ

生きていたらときどき訪れる奇跡、たとえばシャワーに目を閉じること

私信…って思っているのは僕だけのあなたの無垢な生活の投稿

エレベーターのなかで飛んだら落ちそうでこわいね僕に幻滅してね

幼いころの習いごとの話をしてるあなたが僕の一部なら　ハル

薬指ｰ指環ｰわたしは眠っていてｰダイニングにあなただけが起きていた

タクシーが老犬みたいにのろのろ行くのを見ている　栄光をもたらすもの

燃えているのがわかるだろう遠くから見ただけでも煙があがっていて

死にたいあなたのままであなたが生きていた2月　きわめて短い時間

†

二十代を死なずに通り抜けるために、あなたは使いはたす　美と醜を

i c a n s e e y o u. たばこから煙はあがりすべてが火とともに壊れていく

唇はよわく震えてあなたのことを音にいま変えようとしている

桜の樹の下にはなにも埋まってなくてその夜にナイキを履いていた

僕の詩があなたを救わないという - 事実は - 咲いてる - 病気の桜

いつまでも起きない遺体に口づけたあなたのための季節だよ　ハル

どれだけひどく泣いたあとでも構わない、夜にあなたをわたしが巣食う

（僕とあなたの性癖すぎるこの世界のまんなかで）血に飢えているもの

指を鳴らすと桜はすべて消滅して、ごめんね、生きていてほしいんだ

さいごには神々の戦いになるバトル漫画を　この現在を

痛みについて

YOU MOVE, YOU'RE DEAD.　証明写真機のなかの失明しそうな光

きみの不在は冬を透き通らせているキルア＝ゾルディックの銀の髪

目で追えるギリギリの速さで〈夜〉をフリック入力する不思議ちゃん

二十一個の一等星のそれぞれの遠さが違っていること　ド鬱

喪服の大人が10人以上降りてきてエレベーターホールの止まる音

神さまが気持ちをワインに変えてしまうあいだに僕が考えていたこと

きみは愛について簡単なスライドを用意する　この週末までに

†

Things Go Better With Coke.　埋没の二重瞼を見せてもらった

ロッカールームで着替えていたらきみは少し苦しくなる　少年期のミント

アイザックがいなくなってからの僕らは薔薇色の退屈をもてあます

〈結衣ちゃんは大丈夫だよ〉と言いながら腰のあたりを這ってる光

葬式で子どもたちは静かにできないまだ小さすぎるから　マイ　ペイン

冬の光をクリームソーダをお別れをすべてをコピーする写輪眼

Fox Emoji　嘘っぽく日々は過ぎていった　Fog Emoji　日々は嘘っぽすぎた

曇りの日の通知をすべて目で追ってわたしたちの老いはじめる感受性

日だまりの血だまりのアップライト・ピアノすぐそばで恋は震えている

†

おりゃおりゃおりゃおりゃおりゃおりゃって生きてたらはちゃめちゃに光ってる夏の海

予告篇

ひどく疲れる作業の予感　－２００　２４０００　みだらな直喩

・はい・いいえ・どちらでもない・しっかりと気持ちを汲み取りたい・盗みたい

冬なのに夏の曲ばっかり聴いて誰のせいなんだろう死ぬのは

トンネルの壁に光で書かれている『アクロイド殺し』の要約は

ティーバッグから暖かい色が広がる　僕が目を通すと活字はばらばらに飛び散った

ネットワークから切断されました　接続します　敬礼します

何か巨大なことが起こってる気がした、病院で／病院の近くで

初期の光

ルッキンフォー・複雑すぎる海面が・きれいに折り畳まれてゆく朝

掠れている声で風邪だと気付かれてうざかった　初期のわたしの光

motion picture

冷房が効きすぎてるよプロジェクターの光が四角錘を作って

次にくる氷河期の下高井戸のアパートで揺れてる洗濯機

エイプリルフールかよって四月でも馬鹿でもなくて笑った　ＫＩＤＳ

未読無視のままで電気を暗くして2時間のアメリカン・ニューシネマ

おもしろい映画は暴力シーンからはじまる　ほらケトルが鳴るよ

ちゃんと観たことはないのにずっと僕の頭の中にある西部劇

良いニュースと悪いニュースのどちらから聞いてもあとで撃たれるだろう

ソラニンの宮﨑あおい　バイト中の僕　戦メリのデヴィッド・ボウイ

飲んでいた缶を道路に置いていく確信犯的な、運命的な

ポーカーを愛するあまりスペードのAから始まる走馬灯

Frustrated　スケボーの少年が飛んだらみえる夜の残像

◇

終わりに向かっていると思った新しいオープニングのその曲調で

悲しみをきみはぼそぼそ口にしてそこにある歪な粒子たち

絶景を想像してよエベレストで死ぬときにみている絶景を

きみはラッパーみたいに猫背と早口の焦点できらきらと話した

無菌室のあなたは記憶喪失のあなたが夜にみる春の夢

ピクサーのあれみたいなライトが点いてやっときみの生誕を祝った

僕はホワイトクリスマスを夢にみている　落書きにまみれた歩道橋

ワンアンドオンリーが、　って聞いてから競走馬の名前だと知るまで

マイエンジェルなんてふざけて完璧な都心のイルミネーションを観た

声のない世界で〈海だ〉と僕は言う　きみは〈雪だ〉と勘違いする

◇

エレベーター　マクドナルドの匂い　ああ　忘れなきゃ　でも思い出さなきゃ
subscription service　めちゃくちゃに流れる映像めちゃくちゃな愛の愛
I'm fine, I'm OK.　遠いから花びらを拾うことはできない

ピストルが空間の裂け目からスッと出てきて僕はしゃがんで避けた

夜を越えてきたからだろうYシャツのボタンがちぐはぐのヴァンパイア

折れそうなかたちに花が咲いていていて笑ったそれとは別の話題で

何回も紐をひいて電気を消した　それはカンフーみたいな動き

花びらで後部座席を満たしても急発進するときは揺れるぜ

裏声で僕が口ずさんだ曲がなんなのかきみにはわからない

天啓のように空から降ってくる何千万色のポイフルが

閃く

叙景はもう過ぎてしまって茜さすアイデアをときどきは閃く

川沿いをふたりで歩く　夕景に二人は完全に一体化していた

お互いの寂しさのことを話した　やがてシンプルな意匠へ到る

夕立はやさしく降って（遠くから見てるからそう見えてるだけだ）

目の前に誰がいるのかわからない　たぶん韻律なんだと思う

明るさも匂いもすでに知っているものな気がした　仁川空港で

失われる前にすべてを失くしたい　花の匂いの紅茶の匂い

ありえない位置に西瓜が置いてある-撃てば吹き飛ぶ-不可能だけど

tender

占いをきみはチェックする夜明けのコインランドリー光に充ちて

僕たちの甘い会話のどこででもカワセミは羽をひらく詩的に

前奏でおきた手拍子がゆっくりまばらになるAメロの寂しさ

スイセンの中にある（あっ、好きな人、毎日素敵でありがとう）毒

誰かの手が誰かの頬を（爆弾処理のような手つきで）傷つけている

カッターでさくっと切ってみるといい（あるいは冷えた梨の抒情で）

［吐く］［息が］奇跡ってほんといいよねと泣いてるスロットマシン［白い］

家庭環境悪そうだと思ってごめん脳裏で曲技飛行のように言い訳を探した

Love will tear us apart again.　アルバイトのこんなにルーティン化した作業

再会までの長い季節をふわふわと冗談を言ったりで過ごした

泣いた後みたいな笑い方だった　雨が、こう、線になってた

生きて負う苦をきみは疑う／Tinderで見つけた人と駅で落ち合う

鳥は詩のなかで水彩の血を吐くのぞむならアクリルの唾をも

◇

生きててくれればいいよと言った、本当はそうじゃないけど、そう言いました

私立探偵みたい記憶は挨拶もしないまま早足で去るから

コーヒーを飲みながら朝が開花するところを見ていたのでした。完。

発された言葉が渡り鳥にしては遅すぎて気が狂いそうだよ

だめになった恋愛の追体験があかるい紙吹雪のように降る

花火には独特の昏さがあって、ことばで言えれば楽なんだけど

give me a tender heart　僕たちは今すこし単純すぎている

雨の予報

雨の予報が出ている　いつも深夜には、このへんはかなり静かになる

そこ右です　運転手は黙ったままでひどく安全な、安全な右折を

運命について

智・感・情・ヴァナキュラー・エレクトロニック・インプロヴィゼーション・嘘・じゃない

未来とは滑空している約束が花のかたちを覚える過程

（オタクっぽい口調で　つまり早口で）死者はもう煙になりました

Louis Vuitton, Chanel, Hermes, Prada, いま、 僕たちの今いる千年紀

悲しいことぜんぶ解決してくれるネヴァーエンディング・キリスト・マシーン

運命は流体で、街を巡ってはときどき夏の頬を濡らした

metaphor

朝、目に見えない力が作用して、線を引く作業は中断される

◇

江戸時代という言葉を使い捨ての袋のおしぼりのように使う

◇

花柄のワンピースを着ていま僕は菜の花畑のあかるい過去で

疾走感があるのに遅い　なんだろうこれ　遅い疾走感がある

逆流する時間のなかで花びらが吸い込まれるようにして桜へ

ハイスピードカメラでゆっくりな動画を撮ってよなにかを忘れるほどゆっくりな

8個ある消火器をきみが片付けるまでをただ待ってる　あと6個

◇

沖縄のかがやく海で日本語がおかしいのはわかってるんだけど

Merry Christmas, Mr. Lawrence　覚えることのできないすべて

あなたが私を見たところを私は見ました　ヨーロッパの森とつながっている

音は失われてサイレントの映画みたいに大袈裟に動いたよ

（ええ、人間はふたつのことなった形而上の態度を表現するために、

私たちこのような意味の循環のなかで暮らしている。光よ、

◇

一千年続くギターソロの途中で何度か沈丁花を想起した

アメリカンなノスタルジーに浸って未来の、またはその先のことを

ネットフリックスで映画を見ている　ずっとずっと前、実家でも見た

雨の音　というより金属の音　うるさい　うるさくて眠れない

ルーブルに行って
モナリザを見た
ことがある

五秒後をくり返したら千年後が来るのはいいね、かっこつけてて

たしかめたら朝には腐っていた梨の痛みの平均律クラヴィーア

I can't remember a passcode for my private Google account.

◇

神曲……とへらへらしてたら僕の部屋に降臨するほんとうの神さま

グラドルはリッツ・カールトンで自撮り　僕は過激な私刑がほしい
ブルーシートにその花壇は覆われていて犯罪者だったのかもしれない
ルーブルに行ってモナリザを見たことがある　たすけてほしい

僕はすぐ、お酒のちからで熱くなる（神さまは助けに来てくれる）。

日本酒はもっと欲しいな白血病になっても好きでいてくれるかな

◇

僕にイニシャルはないです　名前がないから

いやマジで神だよ（それは待遇のすごく良いアルバイトの話）

I wanna be with you. そばにいるだけでぼろ雑巾が心みたいで

和歌みたいな調べで空が晴れていく　のを僕は困り顔で見ていた

◇

寝室でぬいぐるみと話をしてる王子に、おまえは要る、と伝えた

葉や枝を集めて巣にする泥棒のカササギ　それは僕に似ていた

幾度となく　さみしがりのあなたのためのBluetoothの王位継承

◇

あなたの書いた世界はぜんぜん下手だよ、って、神さまに言付けしておいて
ボーイズドントクライそうして流された血とおなじ量の祈りの果汁
威嚇した　見える範囲すべての、じゃなく、ほんとうにすべての者たちへ

◇

恋の鬱・よるひるあさに・鬱の恋・宝石みたいな・あさひるよるに

〈正体のわからない透明な液体が部屋を流れている〉と　クリアな声で

まぼろしの星月夜あなたは死後のヴィンセント・ファンタジア・ゴッドスピード

到来

始まりに気づかれるとき僕はもう冬の玉座に腰掛けている

朝焼けが燃えているのでそのままにしておくといい（もしくは奪う）

おとぎ話　瑠璃　時系列　もしかして実行犯が他にいますか

消えそうに見えた時にはすでに無いバレエスクール・音楽スクール

花曇り　文字を定着させるときどうしても痛みは伴って

流星が朝の海へと落ちていく生放送を見てる　ホテルで

lyrical winter

メカニカルなリリカル夜の新生児病棟はざわめいて凍える

言いたいことも言えない僕たちの世界の、ドライクリーニングってどうするんだろう

にせもののワンダーランド蜂の巣にされた遺体にも初恋はあった

死んでしまった誰かのためにくちびるに歌を（わたしには救急車を）

エアドロで高速で送られてくる　雪の日の　遠い過去の　はしゃいだ

◇

エリアからエリアへ転送されてゆく映画のあらすじや心電図

僕はまだ大丈夫だし大丈夫で大丈夫　A LOVE SUPREME

寂しいのと眩しいのってものすごく似ていて僕の影に薔薇の影

◇

DHLの黄色いトラックに、EXCELLENCE. SIMPLY DELIVERED.

踊るときのすこしだけ指揮者みたいな手つきで　どうすればよかったんだ？

街頭の、泡沫候補のスピーチ。愛はいつも、腰のところで歌う。

◇

初恋を思い出したりするのかな、コールドスリープ後のわたしって

少年兵のようにこわれる夏の白いフェリー……そして僕にマイクをくれ

iPhone のパノラマモードで撮ったからきみが２つの　冬の　冬の

americα

ハヤブサのようにすべてを知りながら友達が振り回す夜の傘

球場に、神社に、飛行機に、わたしに、日本のアメリカのCoca-Cola

抱きしめるために両手を使ってもあふれやまないジュースとお菓子

フライドチキンとワインを口に放り込む　死ぬか殺すかしかないだろう

しゃべりすぎない方がいい見られてるから　フグの身体にある肉と毒

タイプライターをでたらめに叩けば降誕する濁った緑色

noisemonger

夕景にノイズがかかっているところを想像する権利が僕にはない

コンタクト・レンズ　あなたは複数の星のことを〈星たち〉と呼んだ

16歳のきみがめちゃくちゃに憧れたプラスティックのルートヴィヒ・ヴァン

爆発はすごくこわいのにカップはレンジの光に照らされている

僕はそのうち死ぬけど読者はマンガから顔をあげて降る雪を見てもよい

The Perfect Romantic Text Messages.　僕はときどき頭がおかしくなりそうだよ

目に涙がうかぶのは気持ちよすぎるからですべてのCookieを受け入れた

ハイル　鳥　ハイル　夜桜　ふたりの詩のリミッターはかんたんに外れて

全部は言えない　ガードレールに腰掛けてボードレールのながい憂鬱

きみが電車に運ばれているところだって想像したよ。しただけだけど。

女子高生になって読者は小説を読むのが好きになる　暗いから

世界観がすごくてすごく疲れたと言いあう　抒情は死ぬほど溢れる

僕たちは場面と雰囲気に応じてセックスの途中でもことばを使った

死ぬ前にさいごにきみに与えられるクイズは二択　炎か／煙か

†

ガスマスクをしたまま僕が想像する口づけの甘ったるい抽象性

神がどこにもいないから革命はない　キネティックス・オブ・チェイン・リアクションズ

殺すのはおれじゃないのに季節というハードモードの精密機械

貧血気味なんだよねとか言いながらあなたがハックする少年愛

犯人はいつも凶器を川へ捨てる　けど　犯人が僕だった場合は

音割れがひどくて頭が割れそうで思春期は2分ちょいで終わった

花といえば桜になるのは変だけど、花なんて桜しか知らないな

うしろ髪を照れてさわったのは僕で、終わってからが思春期だから。

最後には燃え尽きるのが同じだから星たちは葡萄狩りに似ている

革命を語るホームパーティーへようこそ　すべてのコップに同じお酒は注がれた

iPhone のライトを照らし探したのは擬作のヴォルフガング・アマデウス

夜風　映画に出てきたモーターサイクルボーイは僕だと思った　夜市

星の存在　きみと話しているときに僕はこわれるほど高画質

x

VOCAL

恋に恋……ぜんぶ終わった駅前で見ている遠いグリーンライト

†

ワールズエンド　夜中のカラオケボックスで僕がする機械音の息継ぎ

油断しきった飼い猫をまた誤りの叙法において抱きしめている

へたくそなロボットダンスのあと照れてきみがお辞儀をする最終話

すこしだけ演技しながら降ってくるすべてがきみにとっては天使

ファンクラブ　まったく知らない人どうしで褒め合う夏の蛍光塗料を

†

サイリウムを掲げるわたしを指差して歌姫の映像はぼやけた

YOUR SONG RULES　それは幽霊の噂でもちきりになるように

1,2,3,4,sweety,sweety,さわれる、世界（サイリウム振り）

雷鳴のために祈ったわけじゃない雷鳴のあと祈っただけで

神はまだ見たことないし、あると思う、あなたが神である可能性

（ぜんぜん僕に興味なさそうな感じで）きみは僕の動きをコピーした

ここには誰もいないよ　だけど怖くないよ　まだきみは生まれていないから

ユーアーザファースト　調子いいことを　リピートアフター　何回だって

ハローハロー　きみの愛するシェルターで寝ている僕のかたちの天使

†

僕は僕の歌姫としてパックからコップへと牛乳を注いだ

アーサー王　僕はホテルのルームキーをなくしてそのことを夜へ掲げた

この夏いちばん可愛い服できみが知る生存の耐えられない被傷性

海から声きこえて県警がつたえる悪い説　抱きしめられていた

小文字のｆ　初めからいらなかったのはきみにさわる手ざわりその確率

テレビヶ丘の鏡の前に立ってみて見てみろ　歌が歪んでるぜ

ふわふわの絶望があたまを充たしてわたしはVerse Chorus Verse.

結衣ちゃんのつくった結界から出ると夏で　歌っているのは悪魔

かすれてる青いの　きみにやばい話を聞いて　それやば　って言った

胸を焦がす　かならず次にやってくる超展開の地獄のために

手を銃のかたちで僕のこめかみに添えたら00's《ゼロゼロ》のｉモード

たくさんの細かい傷でガラス瓶の表面が汚れている　ツリメ

ＮＨＫの夜のニュースが伝えている真夏のまだ知らない繊細さ

地下鉄が地上を走っている区間は、いつも、ものすごく不安になる

ＡＰＥＸ　もしきみがその結末を望むなら、きみは望んでいる

靄のなかでわたしが目を離せずにいる5秒でループするキス動画

†

友達へ言っておきたいのはこの星がすでに失くなってしまったこと

雪の道でわたしが忘れられずにいる運命的なガスライティング

きみがときどき心の闇を閃かせたごみだらけの部屋から　愛をこめて

傷だらけの手首でもっとていねいに僕だけの流線型の歌姫

吸入器をはずしてきみがはにかんでさよならするこの夜この世界

高鳴る胸の肌をやぶって心臓に直接さわれたらいいのに、と

EVEという鎮痛剤を買ってきて飲むならきみだけが神じゃんね

電話ボックス　向こうに天使のすがたの僕がいるとしてそれはなぜ？

きみが急いで書きつけた夜の詩篇に雪ふる　その日本海側にだけ

アルケミスト　ちょっと手が触っただけでめちゃくちゃ瞳孔が開いちゃって

死んだあなたを夏の車内で待っているロマンチストのクライベイビー

老人にいつでもやさしかったからきみがもらうお守り　この星の

メビウスの帯みたいだね　いろんなこと　正気に戻らなきゃだね　毎朝

きみが首のうしろのペダルを踏み込めば最大出力の激・歌唱

30秒　もう一回生きられたってこんな風にはできないと思う

生きて死ぬまでになんども水はからだを巡り、A Flower Named You.

あとがき

現在は一個しかなく、その現在を書くことに執着しつづけてきた。あなたは一人しかおらず、そのあなたに向けて書くことに執着しつづけてきた。定型は一つしかなく、５のあとは７で、７のあとは５で、そのあと７と７だと決められていた。

２０１８年から２０２３年までの短歌、３９４首を収めた。今でなくてもよいと思ったし、あなたでなくてもよいと思ったし、短歌でなくてもよいと思った。にもかかわらず、このように歌集はかたちを得て、今ここで、あなたに差しだされている。

歌がわたしに歌われるとき、いつでもそこが世界の中心になる。今ここには、僕とあなたしかいない、わたしたちの関係は甘く完璧で、なのにいつでも、何かが足りていない、けっきょく僕はいつも、自分のことしか考えていなかったのだと思う。

この歌集をあなたに捧げる。たった一人のあなたに。

青松　輝

青松 輝（あおまつ・あきら）
1998年生まれ。東京大学Q短歌会に2018年から2022年まで所属。
「ベテランち」「雷獣」の名義でYouTubeでも活動。

4
青松輝

初版第一刷発行　二〇二三年八月七日
第五刷発行　二〇二四年十月十七日

装丁　大島依提亜
組版　小林正人（OICHOC）
発行人　村井光男
発行所　株式会社ナナロク社
〒一四二-〇〇六四　東京都品川区旗の台四-六-二七
電話　〇三-五七四九-四九七六
FAX〇三-五七四九-四九七七
印刷所　創栄図書印刷株式会社

ISBN 978-4-86732-022-8 C0092